全新開始
學日語
JAPANESE FOR EVERYONE

U0066359

假名、單字練習簿

| 用手寫出紮實日語基礎力 |

 國際學村

平假名（50音圖）

	あ段 a	い段 i	う段 u	え段 e	お段 o
あ行 a	あ a	い i	う u	え e	お o
か行 ka	か ka	き ki	く ku	け ke	こ ko
さ行 sa	さ sa	し shi	す su	せ se	そ so
た行 ta	た ta	ち chi	つ tsu	て te	と to
な行 na	な na	に ni	ぬ nu	ね ne	の no
は行 ha	は ha	ひ hi	ふ fu	へ he	ほ ho
ま行 ma	ま ma	み mi	む mu	め me	も mo
や行 ya	や ya		ゆ yu		よ yo
ら行 ra	ら ra	り ri	る ru	れ re	ろ ro
わ行 wa	わ wa				を wo
	ん n (N)				

	ア段 a	イ段 i	ウ段 u	エ段 e	オ段 o
ア行 a	ア a	イ i	ウ u	エ e	オ o
カ行 ka	カ ka	キ ki	ク ku	ケ ke	コ ko
サ行 sa	サ sa	シ shi	ス su	セ se	ソ so
タ行 ta	タ ta	チ chi	ツ tsu	テ te	ト to
ナ行 na	ナ na	ニ ni	ヌ nu	ネ ne	ノ no
ハ行 ha	ハ ha	ヒ hi	フ fu	ヘ he	ホ ho
マ行 ma	マ ma	ミ mi	ム mu	メ me	モ mo
ヤ行 ya	ヤ ya		ユ yu		ヨ yo
ラ行 ra	ラ ra	リ ri	ル ru	レ re	ロ ro
ワ行 wa	ワ wa				ヲ wo
	ン n (N)				

清音

2_003 MP3

所謂清音，指的是如「が」、「ぱ」這類的假名分別去掉濁點「ﾞ」或半濁點「゜」後所發出的音。

あ行

あ [a]

あい 愛

あ	あ	あ			

い [i]

いえ 家

い	い	い			

う [u]

うえ 上方

う	う	う			

え [e]

え 畫

え	え	え			

お [o]

おとこ 男人

お	お	お			

ア行

ア [a]

ア	ア	ア			

アイスクリーム 冰淇淋

イ [i]

イ	イ	イ			

インク 墨水

ウ [u]

ウ	ウ	ウ			

ウイスキー 威士忌

エ [e]

エ	エ	エ			

エアコン 冷氣

オ [o]

オ	オ	オ			

オーロラ 極光

か行

かき 柿子

きく 菊花

くま 熊

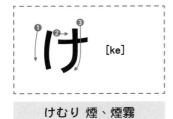

けむり 煙、煙霧

こえ 聲音

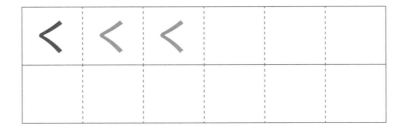

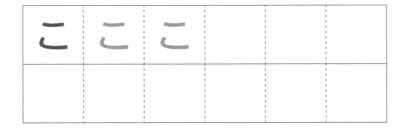

カ行

カ [ka]

カメラ 相機

カ	カ	カ			

キ [ki]

キー 鑰匙

キ	キ	キ			

ク [ku]

クリーム （美容用）霜；奶油

ク	ク	ク			

ケ [ke]

ケーキ 蛋糕

ケ	ケ	ケ			

コ [ko]

コーヒー 咖啡

コ	コ	コ			

さ行

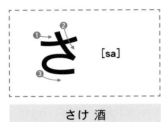

さけ 酒

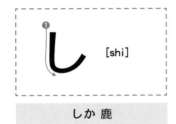

しか 鹿

すし 壽司

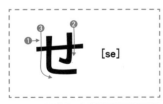

せき 位子、座位

そら 天空

サ行

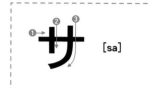

[sa]

サウナ 三溫暖

サ	サ	サ			

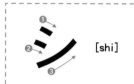

[shi]

シーソー 蹺蹺板

ス [su]

ステーキ 牛排

[se]

セーター 毛衣

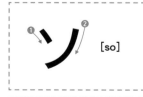

[so]

ソファー 沙發

た行

た [ta]	た	た	た		
たこ 章魚					

ち [chi]	ち	ち	ち		
ちち 爸爸、父親					

つ [tsu]	つ	つ	つ		
つき 月亮					

て [te]	て	て	て		
て 手					

と [to]	と	と	と		
とお 10、十					

タ行

タ [ta]

タイ 泰國

タ	タ	タ			

チ [chi]

チキン 炸雞

チ	チ	チ			

ツ [tsu]

ツナミ 海嘯

ツ	ツ	ツ			

テ [te]

テント 帳篷

テ	テ	テ			

ト [to]

トマト 番茄

ト	ト	ト			

な行

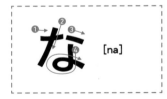
[na]

なな 7、七

な	な	な			

[ni]

にく 肉

に	に	に			

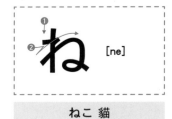
[nu]

ぬいぐるみ 布娃娃

ぬ	ぬ	ぬ			

[ne]

ねこ 貓

ね	ね	ね			

の
[no]

のり 海苔

の	の	の			

ナ行

ナ [na]

ナイフ 刀

ナ ナ ナ

ニ [ni]

テニス 網球

ニ ニ ニ

ヌ [nu]

ヌーン（文宣用語）正午、午後

ヌ ヌ ヌ

ネ [ne]

ネクタイ 領帶

ネ ネ ネ

ノ [no]

ノート 筆記本

ノ ノ ノ

は行

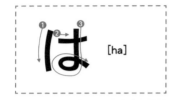

はは 媽媽、母親

は	は	は			

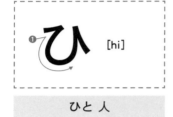

ひと 人

ひ	ひ	ひ			

ふね 船

ふ	ふ	ふ			

へそ 肚臍

へ	へ	へ			

ほし 星星

ほ	ほ	ほ			

ハ行

ハ [ha]

ハート 愛心

ハ	ハ	ハ			

ヒ [hi]

ヒーロー 英雄

ヒ	ヒ	ヒ			

フ [fu]

フルーツ 水果

フ	フ	フ			

ヘ [he]

ヘア 髪型

ヘ	ヘ	ヘ			

ホ [ho]

ホテル 飯店

ホ	ホ	ホ			

ま行

ま [ma]

まえ 前面

ま	ま	ま			

み [mi]

みせ 店鋪

み	み	み			

む [mu]

むし 蟲

む	む	む			

め [me]

めし 飯

め	め	め			

も [mo]

もち 麻糬

も	も	も			

マ行

マ [ma]	マ	マ	マ			
マスク 口罩						

ミ [mi]	ミ	ミ	ミ			
ミルク 牛奶						

ム [mu]	ム	ム	ム			
ムース 慕斯						

メ [me]	メ	メ	メ			
メモ 筆記						

モ [mo]	モ	モ	モ			
モスクワ 莫斯科						

2_017 MP3

や行

やま 山

や	や	や			

ゆき 雪

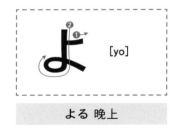

よる 晚上

！ 長相相似的平假名

あ	お	き	さ	ち	た	な	ぬ	め
[a]	[o]	[ki]	[sa]	[chi]	[ta]	[na]	[nu]	[me]

ヤ行

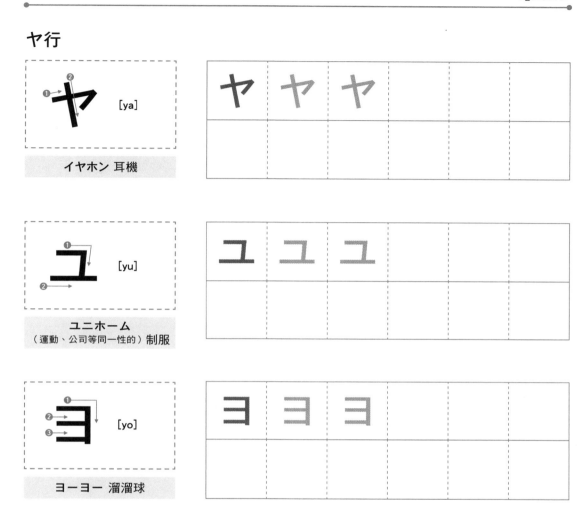

ヤ	ヤ	ヤ			

[ya]
イヤホン 耳機

ユ	ユ	ユ			

[yu]
ユニホーム
（運動、公司等同一性的）制服

ヨ	ヨ	ヨ			

[yo]
ヨーヨー 溜溜球

！ 長相相似的片假名

ア	マ	ウ	ク	ワ	コ	ユ	ヨ	シ	ツ
[a]	[ma]	[u]	[ku]	[wa]	[ko]	[yu]	[yo]	[shi]	[tsu]

ら行

らいねん 明年

あり 螞蟻

はる 春天

はれ 晴朗

ろうか 走廊

ラ行

ラ [ra]

ラーメン 拉麺

ラ	ラ	ラ			

リ [ri]

イタリア 義大利

リ	リ	リ			

ル [ru]

ルーム 房間

ル	ル	ル			

レ [re]

レモン 檸檬

レ	レ	レ			

ロ [ro]

ロシア 俄羅斯

ロ	ロ	ロ			

2_021 MP3

わ行 與 ん

わに 鱷魚

わ	わ	わ			

ほんを よむ 看書

を	を	を			

ん [n (N)]

みかん 橘子

ん	ん	ん			

！長相相似的平假名

ね	れ	わ	は	ほ	ま	も	る	ろ
[ne]	[re]	[wa]	[ha]	[ho]	[ma]	[mo]	[ru]	[ro]

ワ行 與 ン

ワ [wa]	ワ ワ ワ	

ワイン 紅酒

ヲ [wo]	ヲ ヲ ヲ	

ン [n (N)]	ン ン ン	

ワンワン （狗叫聲）汪汪

！ 長相相似的片假名

ソ	ン	チ	テ	ヌ	メ	フ	ス	ラ	ヲ
[so]	[n (N)]	[chi]	[te]	[nu]	[me]	[fu]	[su]	[ra]	[wo]

濁音

在清音「た行、さ行、か行、は行」這四行的假名的右上角加上濁點「゛」後發出來的音，便是濁音。

が行

が [ga]	が	が	が			
がか 畫家						

ぎ [gi]	ぎ	ぎ	ぎ			
くぎ 釘子						

ぐ [gu]	ぐ	ぐ	ぐ			
かぐ 家具						

げ [ge]	げ	げ	げ			
げた 木屐						

ご [go]	ご	ご	ご			
ごご 午後						

ガ行

ガ [ga]	ガ	ガ	ガ			
ガム 口香糖						

ギ [gi]	ギ	ギ	ギ			
ギフト 禮物						

グ [gu]	グ	グ	グ			
グラス 玻璃杯						

ゲ [ge]	ゲ	ゲ	ゲ			
ゲーム 遊戲						

ゴ [go]	ゴ	ゴ	ゴ			
ゴルフ 高爾夫						

ざ行

ざ [za]
ざる 筲籃

ざ ざ ざ

じ [ji]
じしん 地震

じ じ じ

ず [zu]
みず 水

ず ず ず

ぜ [ze]
かぜ 風

ぜ ぜ ぜ

ぞ [zo]
ぞう 大象

ぞ ぞ ぞ

ザ行

ザ [za]	ザ	ザ	ザ			

ブザー 警報器

ジ [ji]	ジ	ジ	ジ			

ジーンズ 牛仔褲

ズ [zu]	ズ	ズ	ズ			

ズボン 褲子

ゼ [ze]	ゼ	ゼ	ゼ			

ゼロ 0、零

ゾ [zo]	ゾ	ゾ	ゾ			

ゾーン 地區

だ行

だ [da]	だ	だ	だ	
だいがく 大學				

ぢ [ji]	ぢ	ぢ	ぢ	
はなぢ 鼻血				

づ [zu]	づ	づ	づ	
こづつみ 包裹				

で [de]	で	で	で	
そで 袖				

ど [do]	ど	ど	ど	
かど 角、隅				

ダ行

ダ [da]	ダ	ダ	ダ			
ダンス 跳舞						

ヂ [ji]	ヂ	ヂ	ヂ			

ツ [zu]	ヅ	ヅ	ヅ			

デ [de]	デ	デ	デ			
デート 約會						

ド [do]	ド	ド	ド			
ドア 門						

ば行

ば [ba]
ばら 玫瑰

ば	ば	ば			

び [bi]
えび 蝦子

び	び	び			

ぶ [bu]
ぶた 豬

ぶ	ぶ	ぶ			

べ [be]
なべ 鍋子

べ	べ	べ			

ぼ [bo]
ぼうし 帽子

ぼ	ぼ	ぼ			

バ行

バ [ba]	バ	バ	バ			
バナナ 香蕉						

ビ [bi]	ビ	ビ	ビ			
ビール 啤酒						

ブ [bu]	ブ	ブ	ブ			
ブーツ 靴						

ベ [be]	ベ	ベ	ベ			
ベルト 帶子						

ボ [bo]	ボ	ボ	ボ			
ボール 球						

半濁音

半濁音，指的是在清音中「は行」的五個字的右上角加上半濁點「°」來發出「P」開頭的音。

ぱ行

ぱ [pa]	ぱ	ぱ	ぱ			
かんぱい 乾杯						

ぴ [pi]	ぴ	ぴ	ぴ			
えんぴつ 鉛筆						

ぷ [pu]	ぷ	ぷ	ぷ			
しんぷ 新娘						

ぺ [pe]	ぺ	ぺ	ぺ			
もんぺ 燈籠褲						

ぽ [po]	ぽ	ぽ	ぽ			
さんぽ 散步						

パ行

パ [pa]	パ	パ	パ			
パリ（法國地名）巴黎						

ピ [pi]	ピ	ピ	ピ			
ピンク 粉紅色						

プ [pu]	プ	プ	プ			
プリン 布丁						

ペ [pe]	ペ	ペ	ペ			
ページ 網頁；頁						

ポ [po]	ポ	ポ	ポ			
ポスト 郵筒						

拗音

五十音圖中除了「い」以外，「i段（き、し、ち、に、ひ、み、り）」的這些假名可以和「や行（や、ゆ、よ）」縮小後連在一起讀，而形成的「拗音」。

きゃ [kya]	**きゅ** [kyu]	**きょ** [kyo]
きゃ きゃ きゃ	きゅ きゅ きゅ	きょ きょ きょ

ぎゃ [gya]	**ぎゅ** [gyu]	**ぎょ** [gyo]
ぎゃ ぎゃ ぎゃ	ぎゅ ぎゅ ぎゅ	ぎょ ぎょ ぎょ

しゃ (sya) [sha]	**しゅ** (syu) [shu]	**しょ** (syo) [sho]
しゃ しゃ しゃ	しゅ しゅ しゅ	しょ しょ しょ

じゃ (jya) [ja]	**じゅ** (jyu) [ju]	**じょ** (jyo) [jo]
じゃ じゃ じゃ	じゅ じゅ じゅ	じょ じょ じょ

 [しゃ、じゃ]兩行的羅馬音，（　）指的是合其邏輯的標音法，[　]指的是一般通用的標音法。

34

キャ	キュ	キョ
[kya]	[kyu]	[kyo]
キャ キャ キャ	キュ キュ キュ	キョ キョ キョ

ギャ	ギュ	ギョ
[gya]	[gyu]	[gyo]
ギャ ギャ ギャ	ギュ ギュ ギュ	ギョ ギョ ギョ

シャ	シュ	ショ
(sya) [sha]	(syu) [shu]	(syo) [sho]
シャ シャ シャ	シュ シュ シュ	ショ ショ ショ

ジャ	ジュ	ジョ
(jya) [ja]	(jyu) [ju]	(jyi) [jo]
ジャ ジャ ジャ	ジュ ジュ ジュ	ジョ ジョ ジョ

ちゃ	ちゅ	ちょ
(cya) [cha]	(cyu) [chu]	(cyo) [cho]
ちゃ ちゃ ちゃ	ちゅ ちゅ ちゅ	ちょ ちょ ちょ

にゃ	にゅ	にょ
[nya]	[nyu]	[nyo]
にゃ にゃ にゃ	にゅ にゅ にゅ	にょ にょ にょ

ひゃ	ひゅ	ひょ
[hya]	[hyu]	[hyo]
ひゃ ひゃ ひゃ	ひゅ ひゅ ひゅ	ひょ ひょ ひょ

びゃ	びゅ	びょ
[bya]	[byu]	[byo]
びゃ びゃ びゃ	びゅ びゅ びゅ	びょ びょ びょ

編註 [ちゃ]行的羅馬音，（　）指的是合其邏輯的標音法，[　]指的是一般通用的標音法。

チャ	チュ	チョ
(cya) [cha]	(cyu) [chu]	(cyo) [cho]
チャ チャ チャ	チュ チュ チュ	チョ チョ チョ

ニャ	ニュ	ニョ
[nya]	[nyu]	[nyo]
ニャ ニャ ニャ	ニュ ニュ ニュ	ニョ ニョ ニョ

ヒャ	ヒュ	ヒョ
[hya]	[hyu]	[hyo]
ヒャ ヒャ ヒャ	ヒュ ヒュ ヒュ	ヒョ ヒョ ヒョ

ビャ	ビュ	ビョ
[bya]	[byu]	[byo]
ビャ ビャ ビャ	ビュ ビュ ビュ	ビョ ビョ ビョ

ぴゃ [pya]	ぴゅ [pyu]	ぴょ [pyo]
ぴゃ ぴゃ ぴゃ	ぴゅ ぴゅ ぴゅ	ぴょ ぴょ ぴょ

みゃ [mya]	みゅ [myu]	みょ [myo]
みゃ みゃ みゃ	みゅ みゅ みゅ	みょ みょ みょ

りゃ [rya]	りゅ [ryu]	りょ [ryo]
りゃ りゃ りゃ	りゅ りゅ りゅ	りょ りょ りょ

ピャ [pya]	ピュ [pyu]	ピョ [pyo]
ピャ ピャ ピャ	ピュ ピュ ピュ	ピョ ピョ ピョ
ミャ [mya]	ミュ [myu]	ミョ [myo]
ミャ ミャ ミャ	ミュ ミュ ミュ	ミョ ミョ ミョ
リャ [rya]	リュ [ryu]	リョ [ryo]
リャ リャ リャ	リュ リュ リュ	リョ リョ リョ

試著完成50音圖

平假名

2_001 MP3

請試著一邊聽音檔一邊完成下方的50音圖。

	あ段 a	い段 i	う段 u	え段 e	お段 o
あ行 a	a	i	u	e	o
か行 ka	ka	ki	ku	ke	ko
さ行 sa	sa	shi	su	se	so
た行 ta	ta	chi	tsu	te	to
な行 na	na	ni	nu	ne	no
は行 ha	ha	hi	fu	he	ho
ま行 ma	ma	mi	mu	me	mo
や行 ya	ya		yu		yo
ら行 ra	ra	ri	ru	re	ro
わ行 wa	wa				wo
	n (N)				

	ア段 a	イ段 i	ウ段 u	エ段 e	オ段 o
ア行 a	a	i	u	e	o
カ行 ka	ka	ki	ku	ke	ko
サ行 sa	sa	shi	su	se	so
タ行 ta	ta	chi	tsu	te	to
ナ行 na	na	ni	nu	ne	no
ハ行 ha	ha	hi	fu	he	ho
マ行 ma	ma	mi	mu	me	mo
ヤ行 ya	ya		yu		yo
ラ行 ra	ra	ri	ru	re	ro
ワ行 wa	wa				wo
	n (N)				

わたし **私** 我	私			
がくせい **学生** 學生	学生			
せんせい **先生** 老師	先生			
かいしゃいん **会社員** 公司職員	会社員			
たいわんじん **台湾人** 台灣人	台湾人			
に ほんじん **日本人** 日本人	日本人			
な まえ **名前** 姓名	名前			
ともだち **友達** 朋友	友達			

きょう **今日** 今天	今日			

あした **明日** 明天	明日			

いま **今** 現在	今			

なん じ **何時** 幾點	何時			

なんぷん **何分** 幾分	何分			

なんよう び **何曜日** 星期幾	何曜日			

ご ぜん **午前** 上午	午前			

ご ご **午後** 下午	午後			

03 たんじょうびは きのうでした。

きのう **昨日** 昨天	昨日			

せんげつ **先月** 上個月	先月			

なんがつ **何月** 幾月	何月			

なんにち **何日** 幾號	何日			

たんじょう び **誕生日** 生日	誕生日			

しょうがつ **お正月** 新年、元旦	お正月			

にゅうがくしき **入学式** 開學典禮	入学式			

し ごと **仕事** 工作	仕事			

2_042 MP3

はな **花** 花	花			
もんだい **問題** 問題	問題			
へや **部屋** 房間	部屋			
がっこう **学校** 學校	学校			
かぞく **家族** 家人	家族			
いもうと **妹** 妹妹	妹			
おとうと **弟** 弟弟	弟			
だれ **誰** 誰	誰			

2_043 MP3

てんき **天気** 天氣	天気			
夏	夏			
ふゆ **冬** 冬天	冬			
そら **空** 天空	空			
うみ **海** 海	海			
かいしゃ **会社** 公司	会社			
とけい **時計** 時鐘	時計			
えん **円** 日元	円			

2_044 MP3

うんてん **運転** 駕駛	運転			

うんどう **運動** 運動	運動			

りょこう **旅行** 旅行	旅行			

すいえい **水泳** 游泳	水泳			

そうじ **掃除** 打掃	掃除			

べんきょう **勉強** 讀書	勉強			

にほんご **日本語** 日文	日本語			

くるま **車** 汽車	車			

2_045 MP3

しゅうまつ **週末** 週末	週末			
こうつう **交通** 交通	交通			
た　もの **食べ物** 食物	食べ物			
えい　が **映画** 電影	映画			
えい　が　かん **映画館** 電影院	映画館			
びょういん **病院** 醫院	病院			
ぎんこう **銀行** 銀行	銀行			
こうえん **公園** 公園	公園			

08 テーブルの 上に あります。

きょうしつ **教室** 教室	教室		

かいぎしつ **会議室** 會議室	会議室		

さんがい **三階** 3樓	三階		

なんがい **何階** 幾樓	何階		

なんにん **何人** 幾位	何人		

ねこ **猫** 貓	猫		

つくえ **机** 書桌	机		

れいぞうこ **冷蔵庫** 冰箱	冷蔵庫		

2_047 MP3

あさ **朝** 早上	朝			
よる **夜** 晚上	夜			
まいにち **毎日** 毎天	毎日			
ときどき **時々** 偶爾	時々			
にっき **日記** 日記	日記			
でんわ **電話** 電話	電話			
しょうせつ **小説** 小説	小説			
ふろ **お風呂** 浴室	お風呂			

2_048 MP3

野菜 や さい 蔬菜	野菜		
料理 りょう り 煮飯	料理		
服 ふく 衣服	服		
お酒 さけ 酒	お酒		
音楽 おん がく 音樂	音楽		
図書館 と しょ かん 圖書館	図書館		
電車 でん しゃ 電車	電車		
地下鉄 ち か てつ 地鐵	地下鉄		

はん **ご飯** 吃飯	ご飯			
しょく じ **食事** 用餐	食事			
ひる **昼** 白天	昼			
か　　もの **買い物** 買東西、購物	買い物			
さん ぽ **散歩** 散步	散歩			
こいびと **恋人** 男、女朋友	恋人			
しんぶん **新聞** 新聞	新聞			
かい ぎ **会議** 會議	会議			

12 早く 準備して ください。

は **歯** 牙歯	歯			
かお **顔** 臉	顔			
しゃしん **写真** 照片	写真			
しゅくだい **宿題** 課程	宿題			
しりょう **資料** 資料	資料			
じゅんび **準備** 準備	準備			
でんき **電気** 電	電気			
たまご **卵** 雞蛋	卵			

13 お台場に 行った ことが ありますか。

2_051 MP3

さいきん **最近** 最近	最近			
れんあい **恋愛** 戀愛	恋愛			
だいがく **大学** 大學	大学			
こうはい **後輩** 學弟、學妹	後輩			
ばしょ **場所** 場所	場所			
しゅっちょう **出張** 出差	出張			
がいこくご **外国語** 外語	外国語			
げいのうじん **芸能人** 藝人	芸能人			

2_052 MP3

べんとう **お弁当** 便當	お弁当			

ざいりょう **材料** 材料	材料			

あじ **味** 味道	味			

たまご **ゆで卵** 水煮蛋	ゆで卵			

くすり **薬** 藥	薬			

よ やく **予約** 預約	予約			

しば ふ **芝生** 草坪	芝生			

いち ど **一度** 一次	一度			

國際學村

用手機掃瞄日語音檔輕鬆聽

可聽音學習

JAPANESE FOR EVERYONE

室日語言教

王新開語本

01 わたしは　がくせいです。

1 請回想一下這些日語單字的意思，並跟著寫一次。

① **わたし** 我
  →

② **たいわんじん** 台灣人
  →

③ **にほんじん** 日本人
  →

④ **がくせい** 學生
  →

⑤ **せんせい** 老師
  →

⑥ **かいしゃいん** 公司職員
  →

⑦ **ともだち** 朋友
  →

⑧ **ひと** 人
  →

⑨ **なまえ** 名字
  →

⑩ **かのじょ** 她、女朋友
  →

2 請寫出這些單字的日語。

① 我

→ _____

② 台灣人

→ _____

③ 日本人

→ _____

④ 學生

→ _____

⑤ 老師

→ _____

⑥ 公司職員

→ _____

⑦ 朋友

→ _____

⑧ 人

→ _____

⑨ 名字

→ _____

⑩ 她、女朋友

→ _____

3 請用「～は ～です」的文法來寫出下列句子。

① 我是學生。
→ _____

② 她是律師。
→ _____

③ 這位是田中先生。
→ _____

④ 猴子是動物。
→ _____

4 請用「～じゃ ありません」的文法來寫出下列句子。

① 我不是學生。
→ _____

② 鈴木先生不是老師。
→ _____

③ 他不是公司職員。
→ _____

④ 番茄不是水果。
→ _____

5 請用「～ですか」的文法來寫出下列句子。

① 您是學生嗎？

→ _____

② 是，我是學生。

→ _____

③ 田中先生也是學生嗎？

→ _____

④ 不是，田中先生不是學生。

→ _____

6 請用「～の」的文法來寫出下列句子。

① 我的名字是李志傑。

→ _____

② 史密斯先生是我的朋友。

→ _____

③ 史密斯先生是男人。

→ _____

④ 史密斯先生是英文老師。

→ _____

02 なんじですか。

1 請回想一下這些日語單字的意思，並跟著寫一次。

① きょう 今天
→ _____

② あした 明天
→ _____

③ いま 現在
→ _____

④ いつ 何時
→ _____

⑤ ごぜん 上午
→ _____

⑥ ごご 下午
→ _____

⑦ なんじ 幾點
→ _____

⑧ なんぷん 幾分
→ _____

⑨ かいぎ 會議
→ _____

⑩ テスト 測驗、考試
→ _____

2 請寫出這些單字的日語。

① 今天

→ _____

② 明天

→ _____

③ 現在

→ _____

④ 何時

→ _____

⑤ 上午

→ _____

⑥ 下午

→ _____

⑦ 幾點

→ _____

⑧ 幾分

→ _____

⑨ 會議

→ _____

⑩ 測驗、考試

→ _____

3 請用「～はい」來寫出下列句子。

① 麻煩您請給我三杯咖啡。

→ _____

② 麻煩您請給我八杯茶。

→ _____

③ 麻煩您請給我四杯果汁。

→ _____

④ 麻煩您請給我兩杯牛奶。

→ _____

4 請用「～じ ～ふん／～じ ～ぷん」的文法來寫出下列句子。

① 現在是上午九點。

→ _____

② 現在是下午七點五分。

→ _____

③ 現在是上午十點三十分。

→ _____

④ 現在是下午四點四十五分。

→ _____

5 請用「～ようび」的文法來寫出下列句子。

① 今天是星期二。

→ _____

② 明天是星期三。

→ _____

③ 星期六是假日。

→ _____

④ 考試是星期一。

→ _____

6 請用「～から ～まで」的文法來寫出下列句子。

① 會議是從十點到兩點。

→ _____

② 考試是從今天到明天。

→ _____

③ 休假是從星期三到星期五。

→ _____

④ 上課是從上午到下午。

→ _____

03 たんじょうびは きのうでした。

1 請回想一下這些日語單字的意思，並跟著寫一次。

① **きのう**　昨天
→ _____

② **ゆうべ**　昨晚
→ _____

③ **せんしゅう**　上週
→ _____

④ **せんげつ**　上個月
→ _____

⑤ **きょねん**　去年
→ _____

⑥ **なんがつ**　幾月
→ _____

⑦ **なんにち**　幾日
→ _____

⑧ **おしょうがつ**　元旦、新年
→ _____

⑨ **たんじょうび**　生日
→ _____

⑩ **かばん**　包包
→ _____

2 請寫出這些單字的日語。

① 昨天

⟶ _____

② 昨晚

⟶ _____

③ 上週

⟶ _____

④ 上個月

⟶ _____

⑤ 去年

⟶ _____

⑥ 幾月

⟶ _____

⑦ 幾日

⟶ _____

⑧ 元旦、新年

⟶ _____

⑨ 生日

⟶ _____

⑩ 包包

⟶ _____

3 請用「～がつ ～にち」的文法來寫出下列句子。

① 兒童節（男兒節）是5月5日。

→ _____

② 情人節是2月14日。

→ _____

③ 元旦是1月1日。

→ _____

④ 聖誕節是12月25日。

→ _____

4 請用「～でした／～でしたか」的文法來寫出下列句子。

① 昨天是假日。

→ _____

② 生日是在上個月。

→ _____

③ 考試是在星期三考過了嗎？

→ _____

④ 昨晚下雪了嗎？

→ _____

5 請用「～じゃ ありませんでした」的文法來寫出下列句子。

① 會議不是在上午（上午沒有開會了）。

→ _____

② 演唱會不是在昨晚。

→ _____

③ 開學典禮不是在昨天。

→ _____

④ 昨天不是我的生日。

→ _____

6 請用「これ／それ／あれ／どれ」來寫出下列句子。

① 那個是什麼呢？

→ _____

② 這個是帽子。

→ _____

③ 老師的雨傘是哪一把呢？

→ _____

④ 老師的雨傘是這一把。

→ _____

04 まじめな ひとです。

1 請回想一下這些日語單字的意思，並跟著寫一次。

① **かぞく** 家人
→

② **いもうと(さん)** 妹妹
→

③ **おとうと(さん)** 弟弟
→

④ **だれ** 誰
→

⑤ **へや** 房間
→

⑥ **ひま(だ)** 悠閒的
→

⑦ **まじめ(だ)** 認真的
→

⑧ **たいへん(だ)** 辛苦的
→

⑨ **きれい(だ)** 漂亮的、乾淨的
→

⑩ **べんり(だ)** 方便的
→

2 請寫出這些單字的日語。

① 家人

→ _____

② 妹妹

→ _____

③ 弟弟

→ _____

④ 誰

→ _____

⑤ 房間

→ _____

⑥ 悠閒的

→ _____

⑦ 認真的

→ _____

⑧ 辛苦的

→ _____

⑨ 漂亮的、乾淨的

→ _____

⑩ 方便的

→ _____

3 請用形容動詞的敬體來寫出下列句子。

① 今天很悠閒。

→ _____

② 佐藤先生很認真。

→ _____

③ 房間很乾淨。

→ _____

④ 工作很辛苦。

→ _____

4 請用形容動詞的否定形來寫出下列句子。

① 山田先生不親切。

→ _____

② 學校不安靜。

→ _____

③ 他沒有精神。

→ _____

④ 題目不簡單。

→ _____

5 請用形容動詞修飾名詞來寫出下列句子。

① 悠閒的星期天。

→ _____

② 安靜的地方。

→ _____

③ 舒適的沙發。

→ _____

④ 他是認真的人。

→ _____

6 請用「この／その／あの／どの」來寫出下列句子。

① 那位是我的妹妹。

→ _____

② （較遠的）那位是山田先生的姊姊。

→ _____

③ 這支手機很好用。

→ _____

④ 那道菜餚很簡單。

→ _____

05 あの あかい かばん、かわいいですね。

1 請回想一下這些日語單字的意思，並跟著寫一次。

① おいしい　好吃的

→ _____

② あかい　紅的

→ _____

③ かわいい　可愛的

→ _____

④ たかい　高的、貴的

→ _____

⑤ くろい　黑色的

→ _____

⑥ あつい　炙熱的、熱的

→ _____

⑦ さむい　冷的

→ _____

⑧ てんき　天氣

→ _____

⑨ いくら　多少

→ _____

⑩ ～えん(円)　日元

→ _____

2 請寫出這些單字的日語。

① 好吃的

→ _____

② 紅的

→ _____

③ 可愛的

→ _____

④ 高的、貴的

→ _____

⑤ 黑色的

→ _____

⑥ 炙熱的、熱的

→ _____

⑦ 冷的

→ _____

⑧ 天氣

→ _____

⑨ 多少

→ _____

⑩ 日元

→ _____

3 請用形容詞的敬體來寫出下列句子。

① 個子高。

→ _____

② 夏天很熱。

→ _____

③ 天空很藍。

→ _____

④ 拉麵好吃嗎？

→ _____

4 請形容詞的否定形來寫出下列句子。

① 鹽巴不甜。

→ _____

② 夏威夷不冷。

→ _____

③ 這個泡菜不辣。

→ _____

④ 這台電腦不貴。

→ _____

5 請用形容詞修飾名詞來寫出下列句子。

① 寒冷的冬天。

→ _____

② 寬敞的房間。

→ _____

③ 舊的手機。

→ _____

④ 好吃的蛋糕。

→ _____

6 請寫出下列跟詢價有關的句子。

① 請問多少錢呢？

→ _____

② 500日元。

→ _____

③ 3300美金。

→ _____

④ 880萬台幣。

→ _____

06 海が きれいで、あつい ところです。

1 請回想一下這些日語單字的意思，並跟著寫一次。

① **日本語** 日語
→ _____

② **うんどう** 運動
→ _____

③ **りょこう** 旅行
→ _____

④ **うんてん** 開車
→ _____

⑤ **新しい** 新的
→ _____

⑥ **やさしい** 親切的、善良的
→ _____

⑦ **好き(だ)** 喜歡
→ _____

⑧ **きらい(だ)** 討厭
→ _____

⑨ **上手(だ)** 擅長
→ _____

⑩ **下手(だ)** 不擅長、笨拙
→ _____

2 請寫出這些單字的日語。

① 日語

⟶ _____

② 運動

⟶ _____

③ 旅行

⟶ _____

④ 開車

⟶ _____

⑤ 新的

⟶ _____

⑥ 親切的、善良的

⟶ _____

⑦ 喜歡

⟶ _____

⑧ 討厭

⟶ _____

⑨ 擅長

⟶ _____

⑩ 不擅長、笨拙

⟶ _____

3 請用形容動詞的接續形態來寫出下列句子。

① 海邊是又漂亮又熱的地方。

→ _____

② 又認真又親切的人。

→ _____

③ 山是又美又安靜的地方。

→ _____

④ 舒適又寬敞的沙發。

→ _____

4 請形容詞的接續形態來寫出下列句子。

① 寒冷且雪很漂亮的地方。

→ _____

② 甜且好吃的點心。

→ _____

③ 善良且親切的人。

→ _____

④ 又新又大的汽車。

→ _____

5 請用「〜が 〜です」的文法來寫出下列句子。

① 爸爸喜歡打掃。

→ _____

② 媽媽討厭煮飯。

→ _____

③ 妹妹擅長開車。

→ _____

④ 弟弟不擅長游泳。

→ _____

6 請比較兩個對象來寫出下列句子。

① 咖啡和果汁,比較喜歡哪一個呢?

→ _____

② 比起果汁,更喜歡咖啡。

→ _____

③ 麥島先生和高橋先生,哪一個個子比較高呢?

→ _____

④ 比起麥島先生,高橋先生的個子比較高。

→ _____

07 とても 楽しかったです。

1 請回想一下這些日語單字的意思，並跟著寫一次。

① **ぎんこう** 銀行
→ _____

② **こうえん** 公園
→ _____

③ **びょういん** 醫院
→ _____

④ **いい / よい** 好的
→ _____

⑤ ^{おお}**多い** 多的
→ _____

⑥ **おもしろい** 有趣的
→ _____

⑦ ^{たの}**楽しい** 愉快的
→ _____

⑧ ^{だいじょう ぶ}**大丈夫(だ)** 沒關係
→ _____

⑨ ^{ふ べん}**不便(だ)** 不方便的、不便的
→ _____

⑩ ^{ゆうめい}**有名(だ)** 有名的
→ _____

2 請寫出這些單字的日語。

① 銀行

→ _____

② 公園

→ _____

③ 醫院

→ _____

④ 好的

→ _____

⑤ 多的

→ _____

⑥ 有趣的

→ _____

⑦ 愉快的

→ _____

⑧ 沒關係

→ _____

⑨ 不方便的、不便的

→ _____

⑩ 有名的

→ _____

3　請用形容動詞的過去式來寫出下列句子。

① （過去）悠閒。

　→ _____

② （過去）不悠閒。

　→ _____

③ （過去）不要緊。

　→ _____

④ （過去）並非不要緊。

　→ _____

⑤ （過去）健康。

　→ _____

⑥ （過去）不健康。

　→ _____

⑦ （過去）有名。

　→ _____

⑧ （過去）不有名。

　→ _____

⑨ （過去）認真。

　→ _____

⑩ （過去）不認真。

　→ _____

4 請用形容詞的過去式來寫出下列句子。

① （過去）好吃。

⟶ _____

② （過去）不好吃。

⟶ _____

③ （過去）寒冷。

⟶ _____

④ （過去）不寒冷。

⟶ _____

⑤ （過去）溫暖。

⟶ _____

⑥ （過去）不溫暖。

⟶ _____

⑦ （過去）有趣。

⟶ _____

⑧ （過去）不有趣。

⟶ _____

⑨ （過去）好。

⟶ _____

⑩ （過去）不好。

⟶ _____

08 テーブルの 上に あります。

1 請回想一下這些日語單字的意思，並跟著寫一次。

① いくつ 幾個
⟶ _____

② えんぴつ 鉛筆
⟶ _____

③ 何人 幾位
⟶ _____

④ 何階 幾層（樓）
⟶ _____

⑤ 三階 3樓
⟶ _____

⑥ ビル 大樓
⟶ _____

⑦ きょうしつ 教室
⟶ _____

⑧ かいぎしつ 會議室
⟶ _____

⑨ じむしつ 辦公室
⟶ _____

⑩ トイレ 廁所
⟶ _____

2 請寫出這些單字的日語。

① 幾個

→ _____

② 鉛筆

→ _____

③ 幾位

→ _____

④ 幾層（樓）

→ _____

⑤ 3樓

→ _____

⑥ 大樓

→ _____

⑦ 教室

→ _____

⑧ 會議室

→ _____

⑨ 辦公室

→ _____

⑩ 廁所

→ _____

3 請用「あります／ありません」的文法來寫出下列句子。

① 有鉛筆。

——— _____

② 沒有手機。

——— _____

③ 有什麼？

——— _____

④ 什麼都沒有。

——— _____

4 請用「います／いません」的文法來寫出下列句子。

① 有貓和狗。

——— _____

② 沒有學生。

——— _____

③ 有誰呢？

——— _____

④ 沒有任何人在。

——— _____

5 請用表示位置的單字和量詞來寫出下列句子。

① 書桌上有鉛筆。

→ _____

② 包包裡沒有手機

→ _____

③ 汽車旁邊有什麼呢？

→ _____

④ 桌子上有兩份點心。

→ _____

⑤ 沙發後面有狗跟貓。

→ _____

⑥ 外面沒有學生。

→ _____

⑦ 建築物內有10人。

→ _____

⑧ 3樓沒有任何人。

→ _____

1 請回想一下這些日語單字的意思，並跟著寫一次。

① <ruby>毎日<rt>まいにち</rt></ruby> 每天

→ _____

② <ruby>日記<rt>にっき</rt></ruby> 日記

→ _____

③ <ruby>日本<rt>にほん</rt></ruby>の<ruby>小説<rt>しょうせつ</rt></ruby> 日本的小說

→ _____

④ <ruby>読む<rt>よ</rt></ruby> 讀

→ _____

⑤ <ruby>書く<rt>か</rt></ruby> 寫

→ _____

⑥ <ruby>起きる<rt>お</rt></ruby> 起床、醒來

→ _____

⑦ <ruby>寝る<rt>ね</rt></ruby> 睡

→ _____

⑧ <ruby>買う<rt>か</rt></ruby> 買

→ _____

⑨ <ruby>会う<rt>あ</rt></ruby> 見面

→ _____

⑩ <ruby>乗る<rt>の</rt></ruby> 搭乘

→ _____

2 請寫出這些單字的日語。

① 每天

→ _____

② 日記

→ _____

③ 日本的小說

→ _____

④ 讀

→ _____

⑤ 寫

→ _____

⑥ 起床、醒來

→ _____

⑦ 睡

→ _____

⑧ 買

→ _____

⑨ 見面

→ _____

⑩ 搭乘

→ _____

3 請使用不規則動詞的 **ます形** 來寫出下列句子。

① 做什麼呢？

———

② 讀書。

———

③ 何時來呢？

———

④ 將會再來。

———

4 請使用上、下一段動詞的 **ます形** 來寫出下列句子。

① 吃飯。

———

② 看電影。

———

③ 幾點就寢？

———

④ 打電話。

———

5 請使用五段動詞的 ます形 來寫出下列句子。

①　叫朋友。

　→ _____

②　等朋友。

　→ _____

③　見朋友。

　→ _____

④　跟朋友談話。

　→ _____

⑤　現在馬上就去。

　→ _____

⑥　喝咖啡。

　→ _____

⑦　買包包。

　→ _____

⑧　搭巴士。

　→ _____

⑨　脫外套。

　→ _____

⑩　泡澡。

　→ _____

10 家で 勉強を しました。

1 請回想一下這些日語單字的意思，並跟著寫一次。

① けさ　今天早上
→ _____

② やさい　蔬菜
→ _____

③ ハンバーガー　漢堡
→ _____

④ お酒　酒
→ _____

⑤ タバコ　香菸
→ _____

⑥ 図書館　圖書館
→ _____

⑦ 電車　電車
→ _____

⑧ 地下鉄　地鐵
→ _____

⑨ 帰る　回去
→ _____

⑩ 終わる　結束
→ _____

2 請寫出這些單字的日語。

① 今天早上

——— _____

② 蔬菜

——— _____

③ 漢堡

——— _____

④ 酒

——— _____

⑤ 香菸

——— _____

⑥ 圖書館

——— _____

⑦ 電車

——— _____

⑧ 地鐵

——— _____

⑨ 回去

——— _____

⑩ 結束

——— _____

3 請用動詞的否定形來寫出下列句子。

① 不看電視。

→ _____

② 不太吃漢堡。

→ _____

③ 完全不抽菸。

→ _____

④ 不喝酒嗎？

→ _____

4 請用動詞的過去形來寫出下列句子。

① 煮了飯。

→ _____

② 使用電腦了。

→ _____

③ 淋浴了。

→ _____

④ 打掃過了嗎？。

→ _____

5 請用動詞的否定形過去式來寫出下列句子的過去式。

① （過去）沒看電視了。

→ _____

② （過去）沒吃漢堡了。

→ _____

③ （過去）沒抽菸了。

→ _____

④ （過去）沒喝酒了。

→ _____

6 請用助詞「に」和「で」來寫出下列句子。

① 回家。

→ _____

② 去公園了。

→ _____

③ 在電影院看了電影。

→ _____

④ 搭巴士過來了。

→ _____

11 食事に 行きませんか。

1 請回想一下這些日語單字的意思，並跟著寫一次。

① **お腹** _{なか} 肚子、腹部
→ _____

② **食事** _{しょく じ} 用餐
→ _____

③ **昼** _{ひる} 中午
→ _____

④ **買い物** _{か もの} 買東西、購物
→ _____

⑤ **ドライブ** 兜風
→ _____

⑥ **散歩** _{さん ぽ} 散步
→ _____

⑦ **新聞** _{しんぶん} 報紙
→ _____

⑧ **恋人** _{こいびと} 戀人；男、女朋友
→ _____

⑨ **一緒に** _{いっしょ} 一起
→ _____

⑩ **いっぱいだ** 滿滿的
→ _____

42

2 請寫出這些單字的日語。

① 肚子、腹部

——＞ _____

② 用餐

——＞ _____

③ 中午

——＞ _____

④ 買東西、購物

——＞ _____

⑤ 兜風

——＞ _____

⑥ 散步

——＞ _____

⑦ 報紙

——＞ _____

⑧ 戀人；男、女朋友

——＞ _____

⑨ 一起

——＞ _____

⑩ 滿滿的

——＞ _____

3 請用「〜ませんか／〜ましょうか」文法來寫出下列句子。

① 要不要喝個茶（或其他的什麼）呢？

→ _____

② 要不要吃個飯（或其他的）呢？

→ _____

③ 去看個電影（或做什麼）好嗎？

→ _____

④ 稍微走一下好嗎？

→ _____

4 請用「〜に 行く」文法來寫出下列句子。

① 要不要去圖書館借書呢？

→ _____

② 我們去喝咖啡好嗎？

→ _____

③ 要不要去散步呢？

→ _____

④ 我們去百貨公司購物好嗎？

→ _____

5 請用「～たい」文法來寫出下列句子。

① 想吃飯。

→ _____

② 想喝暖呼呼的茶。

→ _____

③ 想買新鞋。

→ _____

④ 什麼都不想吃。

→ _____

6 請用「～ながら」文法來寫出下列句子。

① 一邊聽音樂，一邊散步。

→ _____

② 一邊看新聞，一邊吃飯。

→ _____

③ 一邊走路，一邊聊天了。

→ _____

④ 一邊唱歌，一邊洗澡了。

→ _____

12 早く 準備して ください。

1 請回想一下這些日語單字的意思，並跟著寫一次。

① <ruby>宿題<rt>しゅくだい</rt></ruby> 作業

　→ _____

② <ruby>電気<rt>でん き</rt></ruby> 電、電源

　→ _____

③ <ruby>資料<rt>し りょう</rt></ruby> 資料

　→ _____

④ <ruby>準備<rt>じゅん び</rt></ruby> 準備

　→ _____

⑤ ピアノ 鋼琴

　→ _____

⑥ メモ 便條紙、筆記

　→ _____

⑦ スーパー 超市

　→ _____

⑧ チケット 票、門票

　→ _____

⑨ <ruby>本当に<rt>ほん とう</rt></ruby> 真的

　→ _____

⑩ いっしょうけんめい 努力

　→ _____

2 請寫出這些單字的日語。

① 作業

→ _____

② 電、電源

→ _____

③ 資料

→ _____

④ 準備

→ _____

⑤ 鋼琴

→ _____

⑥ 便條紙、筆記

→ _____

⑦ 超市

→ _____

⑧ 票、門票

→ _____

⑨ 真的

→ _____

⑩ 努力

→ _____

3 請用動詞的 **て形** 來寫出下列句子。

① 寫了作業後就睡覺。

→ _____

② 看完電影後去百貨公司了。

→ _____

③ 去學校跟朋友聊天了。

→ _____

④ 刷完牙後洗臉了。

→ _____

⑤ 買票之後，就進去電影院了。

→ _____

⑥ 進房間後開燈。

→ _____

⑦ 加了（沙）糖後，喝下了咖啡。

→ _____

⑧ 讀了書後，做了筆記。

→ _____

⑨ 游泳之後，喝了果汁。

→ _____

⑩ 關上門，就外出了。

→ _____

4 請用「～て います」的文法來寫出下列句子。

① 請問你現在正在做什麼呢？

→ _____

② 我正在吃飯。

→ _____

③ 正在彈鋼琴。

→ _____

④ 正在等朋友。

→ _____

5 請用「～て ください」的文法來寫出下列句子。

① 請關窗。

→ _____

② 請拍照。

→ _____

③ 請出示門票。

→ _____

④ 請坐在椅子上。

→ _____

13 お台場に 行った ことが ありますか。

1 請回想一下這些日語單字的意思，並跟著寫一次。

① 最近（さいきん） 最近

→ _____

② 大学（だいがく） 大學

→ _____

③ 後輩（こうはい） 學弟、學妹

→ _____

④ デート 約會

→ _____

⑤ 恋愛（れんあい） 戀愛

→ _____

⑥ さいふ 錢包

→ _____

⑦ 場所（ばしょ） 地點、場所

→ _____

⑧ 出張（しゅっちょう） 出差

→ _____

⑨ 外国語（がいこくご） 外語

→ _____

⑩ 芸能人（げいのうじん） 藝人

→ _____

2 請寫出這些單字的日語。

① 最近

→ _____

② 大學

→ _____

③ 學弟、學妹

→ _____

④ 約會

→ _____

⑤ 戀愛

→ _____

⑥ 錢包

→ _____

⑦ 地點、場所

→ _____

⑧ 出差

→ _____

⑨ 外語

→ _____

⑩ 藝人

→ _____

3　**請用動詞的過去式來寫出下列句子。**

① 讀了書。

→ _____

② 下午一點來了。

→ _____

③ 看了電影。

→ _____

④ 開了窗。

→ _____

⑤ 停了車。

→ _____

⑥ 發送了電子郵件。

→ _____

⑦ 出差了。

→ _____

⑧ 寫了日記。

→ _____

⑨ 在家休息了。

→ _____

⑩ 跟朋友玩了。

→ _____

4 請用「**～た ことがあります**」文法來寫出下列句子。

  ① 曾跟日本人講過話。

  ⟶ _____

  ② 曾開過車。

  ⟶ _____

  ③ 曾喝過酒。

  ⟶ _____

  ④ 有吃過壽司嗎？

  ⟶ _____

5 請用「**～たり ～たり します**」的文法來寫出下列句子。

  ① 買買衣服或看看電影。

  ⟶ _____

  ② 一下寫，一下擦。

  ⟶ _____

  ③ 和朋友聊聊天或喝喝咖啡。

  ⟶ _____

  ④ 一下開門，一下關門。

  ⟶ _____

14 ナイフを 使っても いいですか。

1 請回想一下這些日語單字的意思，並跟著寫一次。

① お弁当 <ruby>便當<rt>べんとう</rt></ruby>

→ _____

② サンドイッチ 三明治

→ _____

③ 材料 <ruby>材料<rt>ざいりょう</rt></ruby>

→ _____

④ ゆで卵 <ruby>水煮蛋<rt>たまご</rt></ruby>

→ _____

⑤ しょうゆ 醬油

→ _____

⑥ しばふ 草坪

→ _____

⑦ ワンピース 連身裙

→ _____

⑧ スカート 裙子

→ _____

⑨ エプロン 圍裙

→ _____

⑩ ネックレス 項鍊

→ _____

2 請寫出這些單字的日語。

① 便當

→ _____

② 三明治

→ _____

③ 材料

→ _____

④ 水煮蛋

→ _____

⑤ 醬油

→ _____

⑥ 草坪

→ _____

⑦ 連身裙

→ _____

⑧ 裙子

→ _____

⑨ 圍裙

→ _____

⑩ 項鍊

→ _____

3 **請用「～ても いいです」的文法來寫出下列句子。**

① 可以吃。（要吃也可以。）

→ _____

② 可以使用。（要使用也可以。）

→ _____

③ 可以回去。（要回去也可以。）

→ _____

④ 可以去玩嗎？（要去玩也可以嗎？）

→ _____

4 **請用「～ては いけません」的文法來寫出下列句子。**

① 不可以吃。

→ _____

② 不可以拍照。

→ _____

③ 不可以抽菸。

→ _____

④ 不可以走到草坪。

→ _____

5 請用「～て いる」的文法來寫出下列句子。

① 戴著眼鏡。

→ _____

② 戴著耳環。

→ _____

③ 穿著裙子。

→ _____

④ 穿著背心。

→ _____

6 請用「～た ほうがいい」的文法來寫出下列句子。

① 快點去會比較好。

→ _____

② 好好休息會比較好。

→ _____

③ 吃藥會比較好。

→ _____

④ 買紅色包包會比較好。

→ _____

練習本答案

UNIT 01

2 ① わたし
② たいわんじん
③ にほんじん
④ がくせい
⑤ せんせい
⑥ かいしゃいん
⑦ ともだち
⑧ ひと
⑨ なまえ
⑩ かのじょ

3 ① わたしは がくせいです。
② かのじょは べんごしです。
③ こちらは たなかさんです。
④ さるは どうぶつです。

4 ① わたしは がくせいじゃ ありません。
② すずきさんは せんせいじゃ ありません。
③ かれは かいしゃいんじゃ ありません。
④ トマトは くだものじゃ ありません。

5 ① あなたは がくせいですか。
② はい、わたしは がくせいです。
③ たなかさんも がくせいですか。
④ いいえ、たなかさんは がくせいじゃ ありませ
ん。

6 ① わたしの なまえは リシケツです。
② スミスさんは わたしの ともだちです。
③ スミスさんは おとこの ひとです。
④ スミスさんは えいごの せんせいです。

UNIT 02

2 ① きょう
② あした
③ いま
④ いつ
⑤ ごぜん
⑥ ごご
⑦ なんじ
⑧ なんぷん
⑨ かいぎ
⑩ テスト

3 ① コーヒー、さんばい おねがいします。
② おちゃ はっぱい おねがいします。
③ ジュース よんはい おねがいします。
④ ミルク にはい おねがいします。

4 ① いまは ごぜん くじです。
② いまは ごご しちじ ごふんです。
③ いまは ごぜん じゅうじ さんじゅっぷんです。
いまは ごぜん じゅうじ さんじっぷんです。
いまは ごぜん じゅうじ はんです。
④ いまは ごご よじ よんじゅうごふんです。

5 ① きょうは かようびです。
② あしたは すいようびです。
③ やすみは どようびです。
④ テストは げつようびです。

6 ① かいぎは じゅうじから にじまでです。
② テストは きょうから あしたまでです。
③ やすみは すいようびから きんようびまでで
す。
④ じゅぎょうは ごぜんから ごごまでです。

UNIT 03

2 ① きのう
  ② ゆうべ
  ③ せんしゅう
  ④ せんげつ
  ⑤ きょねん
  ⑥ なんがつ
  ⑦ なんにち
  ⑧ おしょうがつ
  ⑨ たんじょうび
  ⑩ かばん

3 ① こどものひは ごがつ いつかです。
  ② バレンタインデーは にがつ じゅうよっかです。
  ③ おしょうがつは いちがつ ついたちです。
  ④ クリスマスは じゅうにがつ にじゅうごにちです。

4 ① きのうは やすみでした。
  ② たんじょうびは せんげつでした。
  ③ テストは すいようびでしたか。
  ④ ゆうべは ゆきでしたか。

5 ① かいぎは ごぜんじゃ ありませんでした。
  ② コンサートは ゆうべじゃ ありませんでした。
  ③ にゅうがくしきは きのうじゃ ありませんでした。
  ④ きのうは たんじょうびじゃ ありませんでした。

6 ① それは なんですか。
  ② これは ぼうしです。
  ③ せんせいの かさは どれですか。
  ④ せんせいの かさは これです。

UNIT 04

2 ① かぞく
  ② いもうと(さん)
  ③ おとうと(さん)
  ④ だれ
  ⑤ へや
  ⑥ ひまだ
  ⑦ まじめだ
  ⑧ たいへんだ
  ⑨ きれいだ
  ⑩ べんりだ

3 ① きょうは ひまです。
  ② さとうさんは まじめです。
  ③ へやが きれいです。
  ④ しごとが たいへんです。

4 ① やまださんは しんせつじゃ ありません。
  ② がっこうは しずかじゃ ありません。
  ③ かれは げんきじゃ ありません。
  ④ もんだいは かんたんじゃ ありません。

5 ① ひまな にちようびです。
  ② しずかな ところです。
  ③ かいてきな ソファーです。
  ④ かれは まじめな ひとです。

6 ① その ひとは わたしの いもうとです。
  ② あの ひとは やまださんの おねえさんです。
  ③ この けいたいは べんりです。
  ④ その りょうりは かんたんです。

UNIT 05

2 ① おいしい

② あかい

③ かわいい

④ たかい

⑤ くろい

⑥ あつい

⑦ さむい

⑧ てんき

⑨ いくら

⑩ ～えん(円)

3 ① せが たかいです。

② なつは あついです。

③ そらが あおいです。

④ ラーメンは おいしいですか。

4 ① しおは あまく ありません。

② ハワイは さむく ありません。

③ この キムチは からく ありません。

④ その パソコンは たかく ありません。

5 ① さむい ふゆです。

② ひろい へやです。

③ ふるい けいたいです。

④ おいしい ケーキです。

6 ① いくらですか。

② ごひゃく えんです。

③ さんぜん さんびゃく ドルです。

④ はっぴゃく はちじゅうまん たいわんドル です。

UNIT 06

2 ① 日本語

② うんどう

③ りょこう

④ うんてん

⑤ 新しい

⑥ やさしい

⑦ 好きだ

⑧ きらいだ

⑨ 上手だ

⑩ 下手だ

3 ① 海が きれいで、あつい ところです。

② まじめで、しんせつな 人です。

③ 山が すてきで、しずかな ところです。

④ かいてきで、広い ソファーです。

4 ① さむくて、雪が きれいな ところです。

② 甘くて、おいしい お菓子です。

③ やさしくて、しんせつな 人です。

④ 新しくて、大きい 車です。

5 ① 父は そうじが 好きです。

② 母は りょうりが きらいです。

③ 妹は うんてんが 上手です。

④ 弟は すいえいが 下手です。

6 ① コーヒーと ジュースと どちらが 好きですか。

② ジュースより コーヒーの ほうが 好きです。

③ むぎしまさんと たかはしさんと どちらが せが 高いですか。

④ たかはしさんの ほうが むぎしまさんより せが 高いです。

UNIT 07

2 ① ぎんこう

② こうえん

③ びょういん

④ いい/よい

⑤ <ruby>多<rt>おお</rt></ruby>い

⑥ おもしろい

⑦ <ruby>楽<rt>たの</rt></ruby>しい

⑧ <ruby>大丈夫<rt>だいじょうぶ</rt></ruby>だ

⑨ <ruby>不便<rt>ふ べん</rt></ruby>だ

⑩ <ruby>有名<rt>ゆうめい</rt></ruby>だ

3 ① ひまでした。

② ひまじゃ ありませんでした。

③ <ruby>大丈夫<rt>だいじょうぶ</rt></ruby>でした。

④ <ruby>大丈夫<rt>だいじょうぶ</rt></ruby>じゃ ありませんでした。

⑤ <ruby>元気<rt>げん き</rt></ruby>でした。

⑥ <ruby>元気<rt>げん き</rt></ruby>じゃ ありませんでした。

⑦ <ruby>有名<rt>ゆうめい</rt></ruby>でした。

⑧ <ruby>有名<rt>ゆうめい</rt></ruby>じゃ ありませんでした。

⑨ まじめでした。

⑩ まじめじゃ ありませんでした。

4 ① おいしかったです。

② おいしく ありませんでした。

③ さむかったです。

④ さむく ありませんでした。

⑤ あたたかかったです。

⑥ あたたかく ありませんでした。

⑦ おもしろかったです。

⑧ おもしろく ありませんでした。

⑨ よかったです。

⑩ よく ありませんでした。

UNIT 08

2 ① いくつ

② えんぴつ

③ <ruby>何人<rt>なんにん</rt></ruby>

④ <ruby>何階<rt>なんがい</rt></ruby>

⑤ <ruby>三階<rt>さんがい</rt></ruby>

⑥ ビル

⑦ きょうしつ

⑧ かいぎしつ

⑨ じむしつ

⑩ トイレ

3 ① えんぴつが あります。

② けいたいは ありません。

③ <ruby>何<rt>なに</rt></ruby>が ありますか。

④ <ruby>何<rt>なに</rt></ruby>も ありません。

4 ① ねこと <ruby>犬<rt>いぬ</rt></ruby>が います。

② <ruby>学生<rt>がくせい</rt></ruby>が いません。

③ だれが いますか。

④ だれも いません。

5 ① つくえの <ruby>上<rt>うえ</rt></ruby>に えんぴつが あります。

② かばんの <ruby>中<rt>なか</rt></ruby>に けいたいが ありません。

③ <ruby>車<rt>くるま</rt></ruby>の よこに <ruby>何<rt>なに</rt></ruby>が ありますか。

④ テーブルの <ruby>上<rt>うえ</rt></ruby>に <ruby>お菓子<rt>か し</rt></ruby>が <ruby>二<rt>ふた</rt></ruby>つ あります。

⑤ ソファーの <ruby>後<rt>うし</rt></ruby>ろに ねこと <ruby>犬<rt>いぬ</rt></ruby>が います。

⑥ <ruby>外<rt>そと</rt></ruby>に <ruby>学生<rt>がくせい</rt></ruby>が いません。

⑦ ビルの <ruby>中<rt>なか</rt></ruby>に <ruby>人<rt>ひと</rt></ruby>が <ruby>十人<rt>じゅうにん</rt></ruby> います。

⑧ <ruby>三階<rt>さんがい</rt></ruby>に だれも いません。

UNIT 09

2 ① 毎日(まいにち)
② 日記(にっき)
③ 日本(にほん)の小説(しょうせつ)
④ 読(よ)む
⑤ 書(か)く
⑥ 起(お)きる
⑦ 寝(ね)る
⑧ 買(か)う
⑨ 会(あ)う
⑩ 乗(の)る

3 ① 何(なに)を しますか。
② 勉強(べんきょう)を します。
③ いつ きますか。
④ また きます。

4 ① ごはんを 食(た)べます。
② 映画(えいが)を 見(み)ます。
③ 何時(なんじ)に 寝(ね)ますか。
④ 電話(でんわ)を かけます。

5 ① 友(とも)だちを 呼(よ)びます。
② 友(とも)だちを 待(ま)ちます。
③ 友(とも)だちに 会(あ)います。
④ 友(とも)だちと 話(はな)します。
⑤ 今(いま) すぐ 行(い)きます。
⑥ コーヒーを 飲(の)みます。
⑦ かばんを 買(か)います。
⑧ バスに 乗(の)ります。
⑨ コートを 脱(ぬ)ぎます。
⑩ お風呂(ふろ)に 入(はい)ります。

UNIT 10

2 ① けさ
② やさい
③ ハンバーガー
④ お酒(さけ)
⑤ タバコ
⑥ 図書館(としょかん)
⑦ 電車(でんしゃ)
⑧ 地下鉄(ちかてつ)
⑨ 帰(かえ)る
⑩ 終(お)わる

3 ① テレビは 見(み)ません。
② ハンバーガーは あまり 食(た)べません。
③ タバコは ぜんぜん すいません。
④ お酒(さけ)は 飲(の)みませんか。

4 ① りょうりを 作(つく)りました。
② パソコンを 使(つか)いました。
③ シャワーを あびました。
④ そうじを しましたか。

5 ① テレビは 見(み)ませんでした。
② ハンバーガーは 食(た)べませんでした。
③ タバコは すいませんでした。
④ お酒(さけ)は 飲(の)みませんでした。

6 ① 家(いえ)に 帰(かえ)ります。
② 公園(こうえん)に 行(い)きました。
③ えいがかんで 映画(えいが)を 見(み)ました。
④ バスで 来(き)ました。

UNIT 11

2 ① お腹（なか）

  ② 食事（しょくじ）

  ③ 昼（ひる）

  ④ 買い物（か もの）

  ⑤ ドライブ

  ⑥ 散歩（さんぽ）

  ⑦ 新聞（しんぶん）

  ⑧ 恋人（こいびと）

  ⑨ 一緒に（いっしょ）

  ⑩ いっぱいだ

3 ① お茶（ちゃ）でも 飲（の）みませんか。

  ② ごはんでも 食（た）べませんか。

  ③ 映画（えいが）でも 見（み）ましょうか。

  ④ ちょっと 歩（ある）きましょうか。

4 ① 図書館（としょかん）に 本（ほん）を 借（か）りに 行（い）きませんか。

  ② コーヒーを 飲（の）みに 行（い）きましょうか。

  ③ 散歩（さんぽ）に 行（い）きませんか。

  ④ デパートに 買（か）い物（もの）に 行（い）きましょうか。

5 ① ごはんが 食（た）べたいです。

  ② あたたかい お茶（ちゃ）が 飲（の）みたいです。

  ③ 新（あたら）しい くつが 買（か）いたいです。

  ④ 何（なに）も 食（た）べたく ありません。

6 ① 音楽（おんがく）を 聞（き）きながら 散歩（さんぽ）を します。

  ② 新聞（しんぶん）を 読（よ）みながら ごはんを 食（た）べます。

  ③ 歩（ある）きながら 話（はな）しました。

  ④ 歌（うた）を 歌（うた）いながら お風呂（ふろ）に 入（はい）りました。

UNIT 12

2 ① 宿題（しゅくだい）

  ② 電気（でんき）

  ③ 資料（しりょう）

  ④ 準備（じゅんび）

  ⑤ ピアノ

  ⑥ メモ

  ⑦ スーパー

  ⑧ チケット

  ⑨ 本当に（ほんとう）

  ⑩ いっしょうけんめい

3 ① 宿題（しゅくだい）を して、寝（ね）ます。

  ② 映画（えいが）を 見（み）て、デパートに 行（い）きました。

  ③ 学校（がっこう）へ 行（い）って、友（とも）だちと 話（はな）しました。

  ④ 歯（は）を みがいて、顔（かお）を 洗（あら）いました。

  ⑤ チケットを 買（か）って、映画館（えいがかん）に 入（はい）りました。

  ⑥ 部屋（へや）に 入（はい）って、電気（でんき）を つけます。

  ⑦ さとうを 入（い）れて、コーヒーを 飲（の）みました。

  ⑧ 本（ほん）を 読（よ）んで、メモを しました。

  ⑨ 泳（およ）いで、ジュースを 飲（の）みました。

  ⑩ ドアを 閉（し）めて、出（で）かけました。

4 ① 今（いま）、何（なに）を して いますか。

  ② ごはんを 食（た）べて います。

  ③ ピアノを ひいて います。

  ④ 友（とも）だちを 待（ま）って います。

5 ① 窓（まど）を 閉（し）めて ください。

  ② 写真（しゃしん）を とって ください。

  ③ チケットを 見（み）せて ください。

  ④ いすに 座（すわ）って ください。

UNIT 13

2 ① 最近（さいきん）
② 大学（だいがく）
③ 後輩（こうはい）
④ デート
⑤ 恋愛（れんあい）
⑥ さいふ
⑦ 場所（ばしょ）
⑧ 出張（しゅっちょう）
⑨ 外国語（がいこくご）
⑩ 芸能人（げいのうじん）

3 ① 勉強（べんきょう）を した。
② 午後（ごご） 一時（いちじ）に 来（き）た。
③ 映画（えいが）を 見（み）た。
④ 窓（まど）を 開（あ）けた。
⑤ 車（くるま）を 止（と）めた。
⑥ メールを 送（おく）った。
⑦ 出張（しゅっちょう）に 行（い）った。
⑧ 日記（にっき）を 書（か）いた。
⑨ 家（いえ）で 休（やす）んだ。
⑩ 友（とも）だちと 遊（あそ）んだ。

4 ① 日本人（にほんじん）と 話（はな）した ことが あります。
② 車（くるま）を 運転（うんてん）した ことが あります。
③ お酒（さけ）を 飲（の）んだ ことが あります。
④ すしを 食（た）べた ことが ありますか。

5 ① 服（ふく）を 買（か）ったり 映画（えいが）を 見（み）たり します。
② 書（か）いたり 消（け）したり しました。
③ 友（とも）だちと 話（はな）したり コーヒーを 飲（の）んだり します。
④ ドアを 開（あ）けたり 閉（し）めたり しました。

UNIT 14

2 ① お弁当（べんとう）
② サンドイッチ
③ 材料（ざいりょう）
④ ゆで卵（たまご）
⑤ しょうゆ
⑥ しばふ
⑦ ワンピース
⑧ スカート
⑨ エプロン
⑩ ネックレス

3 ① 食（た）べても いいです。
② 使（つか）っても いいです。
③ 帰（かえ）っても いいです。
④ 遊（あそ）びに 行（い）っても いいですか。

4 ① 食（た）べては いけません。
② 写真（しゃしん）を とっては いけません。
③ タバコを すっては いけません。
④ しばふに 入（はい）っては いけません。

5 ① めがねを かけて います。
② ピアスを して います。
③ スカートを はいて います。
④ セーターを 着（き）て います。

6 ① 早（はや）く 行（い）った ほうが いいです。
② ゆっくり 休（やす）んだ ほうが いいです。
③ 薬（くすり）を 飲（の）んだ ほうが いいです。
④ あかい かばんを 買（か）った ほうが いいです。